algar
editorial

Últimos títulos publicados de Calcetín Amarillo - a partir de 8 años

Apartado de correos 225 - 46600 Alzira
www.algareditorial.com
Diseño de la colección: Enric Solbes
Impresión: Romanyà Valls

1ª edición: febrero, 2015
ISBN: 978-84-9845-691-2
Depósito legal: V-603-2015

algar COLECCIÓN CALCETÍN

Cornelia, la bruja holgazana

Raquel Míguez

Dibujos de Mar Blanco

algar editorial

Para Beatriz, por su amor y su risa

1
La bruja holgazana

Una vez al siglo Flavia Lasabia, la bruja presidenta, emprendía un largo viaje. Una por una, visitaba las casas de todas las brujas del reino y todas todas las brujas se preparaban durante meses para la visita de la más poderosa, ensayando una y otra vez sus mejores encantamientos. Todas menos una: Cornelia. Porque Cornelia siempre pensaba que había tiempo para hacer las cosas y lo dejaba todo para el último momento:

–No hagas hoy lo que puedas dejar para mañana –decía, al tiempo que ojeaba un libro.

Mientras las demás brujas recorrían el bosque arriba y abajo para encontrar hierbas y setas con las que mejorar sus brebajes, Cornelia buscaba los ingredientes de los suyos entre las páginas de los libros y luego los hacía aparecer entre las hierbas del jardín. Así, todo cuanto necesitaba lo tenía siempre al alcance de la mano.

–¿Qué mejor cosa para aprender magia que aplicar la magia? –se decía.

Cuando las otras brujas ensayaban conjuros cada vez más potentes, ella se preparaba un té y se sentaba a leer delante de la chimenea, mientras sus pócimas a medio terminar languidecían en sus frascos.

La casa de Cornelia estaba en el sur, en la frontera donde acaba el reino. Flavia Lasabia tenía por costumbre iniciar el viaje desde el norte.

Ese año, sin embargo, en el último momento había decidido empezar su inspección por el sur. Justo por la casa de Cornelia... Claro que eso Cornelia no lo sabía.

–Tardará una semana en llegar hasta aquí –había calculado la bruja perezosa esa mañana, al despertar–. Leeré un rato, antes de levantarme.

Todo lo que Cornelia sabía lo había aprendido en los libros, así que la verdad es que sabía un montón de cosas. Pero, si leer es lo más importante para cualquiera, no es suficiente para una bruja. Para aprender a utilizar sus dones, además de leer, una bruja ha de practicar mucho. Todos los días. Durante todos los años de su larga vida. Y ella, Cornelia, apenas practicaba.

En casa de Cornelia había objetos y seres extraños, resultado de sus constantes equivocaciones al combinar palabras mágicas. Tenía una tetera con bigotes que maullaba cuando hervía el agua; un sapo con corona que se paseaba por la sala con paso majestuoso, y una calabaza taxi que rodaba a toda velocidad de la sala a la cocina llevando cosas en su barriga.

Aquel día, el día que Flavia empezó desde el sur su largo viaje al Reino Mágico, a Cornelia le esperaban algunas sorpresas y mucho mucho trabajo...

2
Enero en la habitación

Cuando oyó el chirrido de la verja del jardín al abrirse, Cornelia soltó el libro y saltó de la cama para asomarse a la ventana.

–¡Por Imelda Caracerda! –exclamó–. ¡La presidenta!

Corrió de un lado a otro de la casa, sin saber por dónde empezar. Lo tenía todo patas arriba. El fregadero, enterrado bajo una torre de platos sucios, y sobras malolientes aquí y allá. La mesa de trabajo estaba debajo de un mar de libros, papeles arrugados, cuadernos abiertos, frascos de cristal, tazas con restos de té y varias palabras mágicas preparadas para formar un conjuro. El suelo de toda la casa, escondido bajo un manto de más libros, más papeles arrugados, más cuadernos abiertos... Además, Cornelia aún estaba en pijama, tenía la cama sin hacer y la habitación sin ventilar.

¡Se había pasado la mañana entera acostada, leyendo cuentos de hadas! Y, aunque una bruja puede leer lo que le dé la gana, no está bien visto entretenerse con la historia de Cenicienta o la Bella Durmiente cuando Flavia Lasabia está a punto de llegar en visita de inspección.

Lo primero que hizo Cornelia fue esconder sus cuentos, utilizando un conjuro Recoge Ahora Mismo:

Libros, en este instante
volved a vuestro estante;
hadas, duendes, varitas:
¡a vuestras paginitas!

Que no os vea
ni os oiga
ni os presienta
la bruja presidenta.

En ese instante, los libros abiertos y desparramados por la casa se cerraron de golpe y, uno por uno, fueron saltando a sus sitios correspondientes en la librería.

–¡Por los cuernos del Belcebú! –exclamó, al tiempo que abría la ventana de su habitación–. ¡Mi cuarto parece el mismísimo infierno!

Cornelia tenía por costumbre dejar la chimenea de su cuarto encendida, para leer en la cama bien calentita. En ese momento, su cuarto parecía un horno. Si Flavia Lasabia asomaba la nariz, se le chamuscaría la verruga y descubriría que Cornelia se había pasado el siglo entero haraganeando.

La presidenta aporreó la puerta de la casa.

Cornelia cerró de golpe la ventana que acababa de abrir, se dio la vuelta y estiró los brazos hacia la habitación.

Que entre el fresquito
en mi cuartito.
Que se quede enero
un día entero.

No bien hubo pronunciado las dos últimas palabras, se llevó las manos a la boca:

–¡Un minuto! –corrigió–. ¡Quería decir un minuto! ¡Un minuto, un minuto, un minuto!

E intentó enderezar el conjuro:

Que venga enero
un minuto entero.
Que venga enero
un minuto entero.

Pero una nube de color asfalto, con forma de señora gorda, apagó la chimenea del cuarto y a continuación se sentó en el tejado de la casa, sobre la habitación.

La bruja Flavia aporreó la puerta otra vez.

–¡Un momento! –gritó Cornelia–. ¡Ya voy!

Miró su habitación, desesperada. Copos de nieve como bolas de helado de nata habían empezado a caer sobre la cama y sobre el estante de los libros.

De nuevo, intentó cambiar el conjuro.

–¡Que venga enero, un minuto entero! –repitió.

Cerró los ojos y descontó los segundos:

–Sesenta, cincuenta y nueve, cincuenta y ocho... cuarenta y tres, cuarenta y dos... treinta y cinco, treinta y cuatro... siete, seis, cinco, cuatro, tres, dos, uno...

Cuando abrió los ojos, la nieve seguía cayendo con su suave *plof, plof, plof.*

Los golpes en la puerta sonaron de nuevo, esta vez con más fuerza que los anteriores.

Cornelia cerró su habitación.

–¡Voy! –gritó.

–Buenos días, Cornelia –saludó Flavia al entrar–. ¿Por qué has tardado tanto en abrir? ¿Es que no me esperabas tan temprano, querida?

–Bienvenida, Señoría –contestó la bruja, como si no hubiese oído la pregunta.

La presidenta entró y se quitó la capa, que Cornelia se apresuró a colgar en el perchero.

La calabaza pasó, veloz como un rayo, entre los pies de la bruja más poderosa del reino, que la miró con el ceño fruncido.

–¿Aún no has arreglado este conjuro, Cornelia? –preguntó mientras señalaba con la uña negra, larga y puntiaguda de su dedo índice.

–La calabaza me hace un gran servicio, Señoría –se apresuró a explicar Cornelia–. Cuando necesito enviar algún paquete, ella lo lleva en seguida a cualquier sitio que le ordene.

Para que Flavia comprobase lo diligente que era, la calabaza corrió a la cocina y volvió con un trozo de bizcocho en la barriga.

–¡El desayuno! –exclamó con su voz hueca de caverna.

–No, gracias –rechazó Flavia Lasabia–. Ya he desayunado... Veo, Cornelia, que tampoco has completado la maldición del príncipe –añadió mirando al sapo con la boca fruncida.

La presidenta saludó al sapo *medioencantado* con una inclinación de cabeza.

–Le he cogido cariño al príncipe sapo –se disculpó Cornelia–. Ya ve, Su Señoría, que es encantadoramente educado.

–Habíamos acordado que rematarías esta maldición. Que convertirías a este príncipe desdichado en un simple sapo por siempre jamás, Cornelia.

–¿Un té? –ofreció la bruja holgazana y, sin esperar respuesta, corrió a poner la tetera al fuego.

Flavia la siguió hasta la cocina, se apoyó en el quicio de la puerta y dijo, mirando por la ventana con gesto de fastidio:

–Recuerdo haberte dicho que una bruja nunca debe dejar las cosas a medias, Cornelia, ¿no es esa tetera el resultado de una de tus desastrosas confusiones?

–Sí, Su Señoría. La tetera no tendría que tener bigotes ni debería maullar.

–Hace cien años y un día me aseguraste que sacarías a tu gato de tu tetera. Pero veo, Cornelia, que sigues tan perezosa como siempre.

La tetera empezó a maullar.

–¡El té! –exclamó Cornelia.

Pero la presidenta ya había salido de la cocina y recorría la sala, mirando a todos lados.

Cornelia retiró la tetera del fuego y la siguió, apresurada.

–Tendrás algo para mostrarme, ¿verdad, Cornelia? Espero no haber viajado hasta aquí solo para descubrir que todo está exactamente igual de desordenado que hace cien años.

–Un siglo y un día no es mucho tiempo, Señoría. Se pasan los días volando. Cuando quieres darte cuenta… ¡*voilà*!

Flavia apretó la boca, antes de hablar.

–Un siglo es tiempo suficiente para haber estudiado lo suficiente, para una poción lo suficientemente interesante –contestó en voz baja, recalcando cada palabra–. Quiero ver ese ungüento que me prometiste.

A continuación dio un paso hacia Cornelia, al tiempo que Cornelia daba un paso atrás.

–Supongo que no se puede esperar mucho de una bruja holgazana –concluyó la presidenta con los labios fruncidos.

Entonces dio media vuelta y se encaminó a la habitación.

Cornelia tragó saliva.

En dos zancadas se colocó delante de la puerta, cerrándole el paso.

–En mi habitación tampoco encontrará nada interesante, Señoría.

La bruja presidenta la apartó de un suave empujón.

–Yo decidiré lo que es o no es interesante –dijo, al tiempo que abría.

Una ráfaga de aire helado enfrió la casa. Flavia Lasabia contempló el panorama con la mano en el picaporte y los ojos muy abiertos. La nieve había cubierto la cama entera, los libros y el suelo. La habitación de Cornelia parecía un trozo de campo recortado del invierno.

3
El tiempo corre hacia atrás

Cornelia sintió que su corazón de bruja botaba como una pelota entre las patas de un gato. Flavia Lasabia estaba a punto de descubrir que llevaba un siglo y un día tirada en la cama, leyendo y tomando té con pastas. La condenaría a vivir los próximos cien años encerrada en casa, trabajando… O de ayudante de pociones de alguna otra bruja:

¡Un siglo de destierro! ¡Cien años lejos de casa!

Se imaginó entonces las telas de araña sobre el estante de sus libros. La carcoma dándose un festín: palabras mágicas de primero, dibujos de duendes de segundo y varitas mágicas de postre.

Sin pensar en lo que hacía, Cornelia extendió los brazos. Los nervios la hacían tartamudear:

El po-po-poder poderoso
de la bru-bruja Avería
borre la me-memoria
de Su Se-señoría.

Flavia solo tuvo tiempo de arquear las cejas y abrir la boca. Al instante, se olvidó de lo que iba a decir.

Cornelia continuó:

El re-reloj ya no cu-cuenta:
para la presidenta
hacia atrás co-corre el tiempo
tan veloz co-como el viento.

Clavó los ojos en Flavia, que miraba alrededor como si acabase de entrar en la casa.

–Me parece que tienes un problema en esta habitación –dijo por fin.

–¿Un problema? –repitió Cornelia.

–Está nevando –contestó Flavia señalando el cuarto.

Cornelia se acercó a la bruja presidenta. Parecía más pequeña que unos segundos antes. Hasta su nariz parecía más chica y la verruga de la punta había desaparecido. Los ojos, en cambio, ahora eran más grandes.

Cornelia empezó a saltar por la casa.

–¡El conjuro ha funcionado! –gritó–. ¡El conjuro ha funcionado!

Cuando dejó de saltar se dio cuenta de que Flavia la miraba con los ojos como platos.

–¿Qué pasa? ¿De qué conjuro hablas?

–¿Cuántos años tienes? –preguntó Cornelia–. Quiero decir, ¿cuántos años tiene ahora Su Señoría?

–¿Su Señoría? –repitió Flavia, mirando atrás–. ¿Con quién hablas?

Cornelia se dirigió a la cocina.

–¡Oh, con nadie! –contestó, poniendo la tetera bajo el grifo para un nuevo té–. A veces hablo sola. Antes tenía un gato y hablaba con él. Pero ahora... ahora forma parte de la tetera: ¿has visto sus bigotes?

Flavia Lasabia, o lo que quedaba de ella, miró la tetera con interés.

–Dime, pequeña: ¿cuántos años tienes? –insistió Cornelia.

–Creo que ni muchos ni pocos... Más bien pocos.

–¿No te acuerdas de los años que tienes?

En ese momento, la tetera empezó a maullar.

–¿De verdad que tu tetera se ha comido a tu gato? –preguntó Flavia.

–Sí, señorita, eso mismo fue lo que ocurrió.

Unos golpecitos en la puerta interrumpieron la conversación.

Cornelia se llevó el dedo índice a los labios:

–Ssshhh –dijo–. Ahora, calladita. Espera en la habitación hasta que te avise.

–¿En esa habitación? –protestó la niña señalando la puerta del cuarto–. ¡Pero si está nevando!

–Eres una niña, ¿no? ¿A qué niña no le gusta la nieve? –susurró Cornelia.

Y chascó los dedos.

Al instante, un abrigo de plumas se posó sobre los hombros de Flavia Lasabia, las mangas se enfundaron en sus brazos, la capucha se colocó sobre su cabeza y los botones se fueron abrochando solos, uno a uno.

–¡Hala! –la animó Cornelia–. Métete ahí dentro hasta que yo te avise.

–De acuerdo, entraré. Pero solo si puedo hacer un muñeco, si puedo lanzar bolas y si puedo montar en trineo.

–Sí, sí y sí. Sí a todo.

A un chasquido de Cornelia, la puerta de la habitación se abrió, dejando ver un trineo rojo sobre el montículo de nieve que ahora cubría la cama.

–Venga, pasa ahí dentro de una vez.

Flavia obedeció. Cornelia la miró un instante, antes de cerrar la puerta del cuarto. Aún le costaba creer que hubiese borrado la memoria de la bruja más poderosa del mundo.

En ese momento volvieron a sonar los golpecitos en la puerta.

–¡Voy! –gritó Cornelia, corriendo a abrir.

Asomó la cabeza y miró a un lado y a otro.

–Pchss, pchss –oyó–, ¡mira abajo!

–Buenos días, Correveidile –saludó la bruja, agachándose junto a la lechuza mensajera, que se había posado sobre el felpudo–. ¿Me traes un mensaje?

Correveidile hinchó su pecho blanco y gris y empezó a hablar:

–Uno: La bruja guardiana de la puerta del Congreso informa que Su Señoría salió hace horas en dirección a tu casa. Dos: Su

Señoría ya tendría que estar en la mitad de su viaje, en el centro del reino. Sin embargo, nadie la ha visto desde esta mañana. Tres: ¿Sabes tú dónde está Flavia Lasabia, la bruja presidenta?

Cornelia meditó unos momentos, antes de enviar su respuesta:

–Uno: Ni rastro de Su señoría. Dos: ¿Seguro que Su Señoría pensaba empezar el viaje por aquí? Tres: Que miren bien en el Congreso. Tal vez haya vuelto a buscar algo. Quizá la visita inesperada de algún embajador la retuvo. Cuatro: Aquí no ha venido, por el momento.

La bruja entró en su casa y salió con una tacita de leche y una pasta de té, que la mensajera se comió en un abrir y cerrar de ojos, antes de agitar las alas y emprender el vuelo de regreso.

Cornelia entró en casa y se dejó caer en el sofá de la sala.

–¡Por Florián Carapán! –se quejó–. ¡Qué día tan ajetreado! Y aún me queda tanto por hacer...

El príncipe sapo apareció junto al sofá. De un salto se aupó a las rodillas de la bruja.

–Majestad, estoy agotada –le dijo Cornelia, pasando la punta del dedo por la cabecita coronada del sapo–, y aún tengo que separar mi tetera de mi gato y rematar la maldición que os convertirá en un sapo normal y corriente. Siento que tengáis que abandonar para siempre vuestra condición de príncipe.

El sapo ladeó la cabeza.

–¿Os habéis dado cuenta, Majestad? Creo que, después de todo, soy una bruja bastante poderosa. Si he conseguido que Flavia pierda la memoria y que su tiempo haya corrido hacia atrás, conseguiré todo lo demás.

De otro salto, el príncipe encantado fue a posarse en el hombro de Cornelia.

–Alteza, vuestro destino está marcado –dijo la bruja al sapo–. Seréis un sapo de charca por siempre jamás.

A continuación lo devolvió a su pecera-palacio de cristal y buscó uno de sus libros de contraencantamientos.

–A ver, lo primero que tengo que hacer es sacar al gato de la tetera –murmuró, repasando el índice con el dedo–. ¡Ajajá! ¡Aquí está!

Cornelia sacó sus gafas de uno de los bolsillos de su larga falda y se las puso en la punta de la nariz:

–«Para desencantar un objeto encantado –leyó en voz alta–, elíjanse las palabras mágicas adecuadas».

La bruja levantó los ojos del libro.

–¡Ni que eso fuese tan fácil! –exclamó, como si el libro pudiese escucharla–. Qué libro tan tonto es este: si tuviera facilidad para dar con las palabras adecuadas, no estaría metida en este lío.

4
Encantamientos desencantados, embrujos desembrujados

La bruja holgazana cerró el libro y se dirigió a la cocina. La tetera ronroneó suavemente cuando Cornelia la colocó en el alféizar de la ventana.

–Ha llegado el momento de deshacer este encantamiento –dijo la bruja, rascándose la coronilla–, ¿cuáles eran las palabras mágicas?

Cornelia estiró los brazos y señaló la tetera con las dos manos:

¡Garabato, garabatito!
¡Que aparezca mi gatito!

La tetera tembló unos segundos, pero al momento empezó a ronronear otra vez.

–Vaya, no eran esas –se quejó Cornelia–. A ver si con estas otras:

Estornino, estorninote:
¡Tetera!,
escupe al minino grandote.

La tetera tosió un par de veces, antes de volver a su habitual ronroneo.

–¡Por todos los demonios! –protestó la bruja, caminando hacia la puerta de la habitación–. ¿Cuáles eran las malditas palabras mágicas?

Hacía rato que la lechuza se había marchado y Flavia aún seguía jugando fuera (perdón, dentro).

En cuanto abrió la puerta de su cuarto, a Cornelia se le quedó la nariz como un sorbete.

–¡Brrr… qué frío! –exclamó.

Buscó un gorro y una bufanda y bien abrigada se asomó de nuevo al cuarto.

Entonces, el corazón le dio un vuelco: ¡Flavia jugaba en el trineo! ¡Descalza y sin el abrigo de plumas!

Cornelia volvió a la sala y corrió al perchero. Cogió la capa de Flavia y se dirigió a la nieve.

–¡Flavia Lasabia! –llamó, enfadada–. ¡Ven aquí ahora mismo! ¿Por qué te has quitado el abrigo?

–Porque no es de mi talla –contestó la niña alzando la nariz–. Me queda grande.

–¿Y los zapatos?

–Se me han caído, también me quedan grandes. Eres una bruja torpe si ni siquiera sabes adivinar la talla de una brujita como yo.

Cornelia la envolvió en la capa y entró en casa con la pequeña en brazos.

–¿Te has vuelto así de chiquita de repente? –le preguntó.

La presidenta pesaba varios kilos menos y abultaba la mitad que antes de salir a jugar en la habitación nevada.

–Te prepararé un té bien caliente y encenderé la chimenea de la cocina –le anunció Cornelia–. Tienes los pies helados.

Con un chasquido de dedos, encendió la chimenea.

–¿Quieres leer algo, Flavia? –preguntó, dejando uno de sus cuentos sobre el brazo del sofá.

En cuanto la tetera empezó a maullar, Cornelia sirvió un té.

–Ahora ahí, quietecita, que tengo trabajo –ordenó, después de que la niña se acabase el té.

A continuación cogió la tetera y la colocó en el alféizar de la ventana, estiró los brazos y exclamó:

¡Semillas de cominito!,
¡que aparezca mi gatito!

La tetera eructó con gran estruendo, pero en seguida volvió a su ronroneo.

–¡Por Belén Carasartén! –dijo la bruja, mientras recorría la cocina de un extremo a otro–. ¿Cómo podría saber cuáles son las palabras?

–Desde luego que «semillas» y «comino», no –murmuró la brujita sin apartar los ojos del cuento–. Ni siquiera son palabras mágicas.

Cornelia dio un respingo.

–¿Y tú cómo lo sabes? –preguntó.

–Porque lo sé. Sé un montón de cosas –contestó la niña–. Si quisiera, yo sacaría a tu gato de tu tetera en un abrir y cerrar de ojos.

La bruja holgazana se cruzó de brazos.

–Adelante –invitó a Flavia, señalando la tetera–: Hazlo.

La niña apartó la capa, se levantó del sofá y cogió aire. Miró fijamente a la tetera y, después de un ataque de tos, recitó con voz solemne:

¡Retruécano!
Por fin llegó el momento.
Rómpase al instante
este encantamiento.

La tapa de la tetera se abrió de golpe.

¡Tiritera! ¡tiritera!
Fuera minino
de la tetera.

El pitido de la tetera sonó con la fuerza de un tren de cercanías al entrar en la estación. Flavia se tapó las orejas con las manos.

–¿Lo ves? No era tan fácil de conseguir –dijo Cornelia, acercándose a la ventana donde estaba la tetera–. Me apuesto un diente de jabalí a que la tetera...

Abrió los ojos como platos y bajó el tono de su voz:

–... la tetera ya no tiene bigotes –terminó la frase.

La tapa de la tetera, que se había vuelto a cerrar, se abrió muy despacio y el gato asomó las orejas, luego los bigotes, después la cabeza entera y, a continuación, saltó al suelo.

–¡Calcetines! –lo saludó Cornelia contenta.

Calcetines se estiró como si hubiese pasado durmiendo cien años y se entretuvo un rato lavándose la cara y atusándose los bigotes.

5
El constipado de Flavia

–¿Cómo has sabido las palabras mágicas? –preguntó Cornelia con el gato en brazos.

La brujita se había envuelto en la capa y estaba de nuevo acurrucada en el sofá, leyendo.

–Tengo un montón de palabras mágicas aquí –dijo, señalándose la frente con el dedo–. ¿A que te he dejado con la boca abierta? Soy una brujita extraordinaria.

–Lo que te pasa no es tan raro. Las brujas poderosas tienen ese don desde que nacen.

A Flavia le entró risa y tos al mismo tiempo.

–¡Solo soy una bruja pequeña y lista! –exclamó cuando pudo hablar–. ¿Por qué dices que soy poderosa?

Cornelia se mordió el labio.

–No tenías que haberte descalzado –dijo–, fíjate qué tos tienes. Por suerte, sé un montón de recetas contra el constipado.

–¿Por qué has dicho que soy poderosa? –insistió Flavia entre toses.

–¿No acabas de decir que tienes las palabras mágicas ahí, almacenadas en la cabeza? –preguntó Cornelia mientras arropaba a la niña–. Pues ese don solo lo tienen las brujas importantes. Si una brujita pequeña como tú lo tiene es porque, sin lugar a dudas, de mayor llegará a ser poderosa.

Un nuevo golpe de tos dejó a Flavia sin respiración.

Cornelia acercó la punta de su dedo corazón a la frente de la niña.

–¡Por Nina Caracochina! –exclamó, corriendo a abrir la alacena–. Tienes mucha fiebre.

Cornelia chascó los dedos.

–¡Cazo de hervir! –exclamó–, ¡y una cuarta de agua!

El cazo voló de la alacena al grifo y del grifo al fogón, que se encendió inmediatamente.

En cuanto el agua alcanzó la temperatura adecuada, Cornelia chascó los dedos de nuevo:

–Cucharadita de miel, zumo de limón, dos hojas de menta.

La cucharilla salió del cajón de los cubiertos y voló hasta hundirse en el tarro de miel. El limón saltó de su cesto, exprimió su zumo sobre el cazo, y, por último, las dos hojas de menta entraron por la ventana y fueron a posarse suavemente sobre el agua.

Con otro chasquido, la cucharilla empezó a dar vueltas.

–Tienes suerte de estar aquí –dijo Cornelia, vertiendo la medicina en un vaso–. He leído todo lo que se ha escrito sobre enfermedades propias del frío.

Y era la pura verdad. Cornelia olvidaba las palabras mágicas, no ensayaba nuevos ungüentos, ni salía al bosque a buscar hierbas y setas para las pociones. Pero había leído todos los libros que habían escrito las brujas curanderas y se sabía de memoria los ingredientes necesarios y la dosis adecuada para elaborar cualquier medicina.

–No sabré cómo encontrar una palabra mágica –murmuró para sí, alargando el brebaje a la niña–, pero para resolver esto, no la necesito.

–No me gustan las medicinas –protestó Flavia con un hilo de voz.

–Las medicinas no tienen por qué gustar –contestó Cornelia, obligando a Flavia a coger el vaso–. Pero has tenido mucha suerte porque esta está deliciosa.

La niña miró el jarabe con la nariz arrugada.

–Pruébala, verás –la animó Cornelia.

Flavia se acercó el vaso a los labios y tomó un sorbito.

–No está tan mala como pensé –dijo. Y se bebió lo que quedaba.

Inmediatamente, tuvo otro ataque de tos.

–Quizá no sea suficiente con el jarabe. Me parece que has cogido un constipado de los serios –comentó Cornelia con la frente arrugada–. Tienes mucha mucha fiebre.

–Las brujas tan viejas como tú saben curar con un chasquido. Pero tus chasquidos solo sirven para mover las cosas.

–No soy vieja –protestó Cornelia dirigiéndose a la librería de la sala–. Solo tengo seiscientos dos años. O sea, seis siglos y dos años. Seis y dos, ocho. Ocho no es un número muy alto, ¿no te parece?

Mientras hablaba, la bruja fue repasando los lomos de los libros hasta dar con el que buscaba.

–Cuando tenga tu edad, sabré curar sin medicinas –aseguró la pequeña–. Y me sabré de memoria todos estos libros.

–No me distraigas con tonterías, que tengo que prepararte un remedio infalible sin perder un segundo –contestó Cornelia, abriendo el libro.

En cuanto encontró la fórmula que buscaba, devolvió el libro al estante y se puso a elaborar una pócima de corteza de sauce y ajo.

–Ahora, toma una cucharadita de esto. No está tan rico como el jarabe de antes, pero es una medicina. Y ya sabes, las medicinas no tienen por qué gustar.

Cuando se acercó al sofá, la niña había dejado de leer. Se había quedado dormida. La fiebre le había subido y tenía las mejillas del color de la manzana de Blancanieves. Cornelia tuvo que ayudar a la brujita a tragarse la cucharada de poción.

–Esto te curará, no te preocupes, pequeña –murmuró.

Pero la niña ya no podía oírla.

6
El príncipe sapo y la calabaza embrujada

–Por lo menos ahora podré trabajar sin interrupciones –susurró Cornelia mientras arropaba a Flavia.

Tras mirar a la niña un momento, se acercó al palacio de cristal.

El príncipe sapo la miró con ojos tristes. En casa de Cornelia vivía muy a gusto, ¿qué sería de él a partir de ahora? Aunque la bruja no tenía el don de entender el lenguaje de los sapos, adivinó por su mirada que estaba preocupado.

–Tampoco yo quisiera deshacerme de vos, Majestad –le consoló, asomándose a la boca de la pecera–. Sois una compañía muy agradable. Pero tengo que rematar la maldición que dejé a medias, antes de devolver a Flavia a su edad.

La bruja cogió al sapo y lo puso sobre la mesa de la sala, encima de una torre de libros. El animalito cerró los ojos cuando Cornelia estiró los brazos hacia él y exclamó:

Que la maldición maldita
se remate ahora todita.

El príncipe sapo no se movió de la mesa y la calabaza apareció rodando con una pasta de té en la barriga.

–¡Ajá! –exclamó entonces Cornelia–. Devolver una calabaza a su estado normal ha de ser más fácil que terminar el desencantamiento de un príncipe.

La bruja colocó la calabaza junto al sapo, pero justo en el momento que estiró los brazos y abrió la boca, sonaron nuevos golpes en la puerta.

Cornelia miró a Flavia Lasabia. Al notar que respiraba con dificultad, se acercó a comprobar si aún tenía fiebre.

–Bueno, aún sigue alta, pero ya ha bajado un poquito –dijo–. Un rato más y estarás fresca como una lechuga.

–¿Cornelia? –oyó llamar desde el jardín–. Cornelia, ¿estás ahí?

–¡Las guardianas! –exclamó Cornelia mirando a Flavia, y luego a todos lados, y luego otra vez a Flavia–. ¿Y ahora qué hago contigo?

Las guardianas aporrearon nuevamente la puerta.

–Te esconderé en la despensa.

7
¿Dónde está Flavia Lasabia?

Cornelia dejó a la brujita dormida sobre una cesta llena de hojas de eucalipto.

–Aquí estarás bien –murmuró–. El eucalipto te ayudará a curarte.

La calabaza, con el príncipe sapo en la barriga, entró rodando en la despensa.

Cornelia cerró la puerta y chascó los dedos. La capa de Lasabia se descolgó del perchero y voló a la chimenea de la cocina, donde se quemó al instante.

No bien hubo abierto la puerta de casa, Muriel y Galiana, guardianas del Congreso, entraron hasta la sala.

–Hola, Cornelia. Tenemos que hacerte unas preguntas.

Las guardianas eran diferentes a todas las demás brujas. Sus ojos, grandes como pelotas de golf, eran capaces de girar en todas las direcciones y de mirar a varios sitios a la vez.

–Aquí huele a ungüento contra el catarro –dijo Galiana.

–He estado constipada –mintió Cornelia.

–Huele a algo más –añadió Muriel, olfateando el aire con su nariz de garfio–. Cornelia, ¿has tenido visita?

Cornelia cruzó los dedos en la espalda.

«¡No tartamudees! –pensó–. ¡No puedes tartamudear!».

–Sí, he te-enido una vi-vi-i-sita –contestó–. Una niña pe-erdida.

–¿Dónde está? –preguntó Galiana mirando alrededor y olfateando.

–La dejé ma-archar –mintió Cornelia–. Era demasiado flaca.

Muriel entró en la cocina. Tenía las aletillas de la nariz abiertas como los túneles de una autopista de gnomos.

–Aquí hay algo –dijo, acercándose a la puerta de la despensa.

–So-son restos de mi-mis me-medicinas –dijo Cornelia, incapaz de controlar su tartamudeo–. Aún no he podido li-limpiar.

–Hay algo más –insistió Muriel, con la mano a unos centímetros del picaporte de la puerta de la despensa–. Aquí huele a...

–¡Por los elfos y los duendes del lago azul! –exclamó Galiana desde el otro extremo de la casa.

Muriel apartó la mano del picaporte al instante.

–¿Has encontrado a la presidenta? –preguntó, saliendo de la cocina a toda prisa.

Cornelia la siguió hasta la puerta de su cuarto.

–¡Tienes que ver esto, Muriel! ¡Aquí ha caído una nevada descomunal!

Las guardianas se volvieron hacia Cornelia y clavaron sus ojos en ella. La bruja aprovechó para distraer su atención:

–Ya os dije que he tenido la visita de una niña –explicó–. Mientras decidía qué hacer con ella, hice un conjuro de nieve para que jugase sin causarme problemas. Hasta le conseguí ese trineo, ¿lo veis?

Galiana cerró la puerta del cuarto y miró a su compañera.

–¿Y tú, Muriel? –preguntó–. ¿No decías que habías encontrado algo?

–Aún no. Pero estaba siguiendo un rastro en la cocina. –Miró a Cornelia con uno de sus ojos saltones, mientras enfocaba con el otro la puerta de la despensa–. Y estoy por apostar que era el rastro de Su Señoría.

Las tres brujas entraron en la cocina.

–¿El ra-rastro de Su Se-señoría, dices? –repitió Cornelia–. ¿Aquí? ¡Eso es im-imposible!

–Si estás mintiendo, Cornelia –dijo Muriel–, sufrirás un severo castigo.

La bruja guardiana abrió la puerta de la despensa y Cornelia se desplomó en el sofá.

Las guardianas habían encontrado a la niña. En cuanto entrasen en la despensa, se darían cuenta de que aquella pequeña no era otra que la mismísima presidenta del reino.

–¡Qué extraño! –dijo Muriel–. Aquí no hay nada.

–¿No decías que habías olfateado algo? –preguntó Galiana.

–Mi olfato nunca me ha fallado, pero aquí no hay nada más que un sapo y una calabaza.

Cornelia se levantó de un salto. Apartó a las brujas y se asomó a la despensa. El cesto de eucalipto solo tenía... ¡Hojas de eucalipto!

–Os lo di-dije –tartamudeó–. Su Se-señoría no ha llegado. Solo he te-tenido la visita de una ni-ni-ni-ni...

–Una niña perdida. Ya nos lo dijiste, sí –terminó Muriel.

–¿Desde cuándo tartamudeas todo el tiempo? –preguntó la otra.

–Oh, no lo re-recuerdo –dijo Cornelia.

Las brujas registraron el resto de la casa y el jardín, seguidas por Cornelia, que también miró por todas partes, temiendo que Flavia apareciese en cualquier momento, en el sitio menos esperado.

Sin embargo, la presidenta no apareció.

–Nos vamos, Cornelia. Perdona las molestias.

–Oh, no. No es molestia. En un asunto como este, es importante la colaboración de todos, aunque estoy segura de que Flavia Lasabia aparecerá por cualquier sitio, en el momento menos esperado –dijo Cornelia antes de despedir a las brujas, que desaparecieron volando entre las copas de los árboles del bosque.

Cornelia entró en casa y fue directa a la despensa.

–¿Flavia? –llamó–. ¡Flavia! ¿Dónde te has metido?

Una niñita del tamaño de una oruga salió de la barriga de la calabaza.

–¡Flavia! –exclamó Cornelia–. ¿Cómo has hecho eso?

–Bah, es fácil, mira.

La niñita levantó los brazos al cielo y empezó a estirarse como si fuera de plastilina. En lo que dura un parpadeo, recuperó la estatura de una cría de siete años.

–¿Pero cómo... ? –preguntó Cornelia.

–Como las palabras mágicas –dijo la niña señalándose la frente–: está todo en mi cabeza.

La brujita salió de la despensa.

–Tus medicinas me han curado –dijo–. Estaba dormida cuando entraron esas dos. Eran dos brujas muy raras, ¿tú estabas asustada?

Cornelia asintió con la cabeza.

–A mí también me dieron miedo, por eso me escondí dentro de la calabaza. Fue muy fácil.

–¡Oh, Flavia! ¡Gracias!

–¿Quiénes eran?

–Nos vamos a dar un festín de bizcocho y pastas de limón.

8
Adiós, Flavia; hola, Lasabia

–Nos tenemos que despedir –dijo Cornelia cuando se terminaron las pastas, el té y el bizcocho.

–¿Y eso por qué? Estaba pasándomelo bien.

–Porque cada vez estás más pequeña. Tienes que marcharte antes de que te conviertas en nada. Ya estás menguando otra vez.

Cornelia se levantó y se sacudió las migas de la falda. La niña la miró:

–De mayor seré tan importante como Muriel y Galiana –aseguró.

–¡Tú llegarás a ser más poderosa! –exclamó Cornelia–. Y siempre tendrás los ojos más bonitos que los de esas dos.

Y empezó a pronunciar un conjuro de vuelta atrás:

El reloj ahora cuenta
para la presidenta.
Adelante va el tiempo
tan veloz como el viento.

El poder poderoso
de la bruja Avería
devuelva la memoria
a Su Señoría.

En cuanto pronunció la última palabra, Flavia salió volando por la ventana, arrastrada por un tifón y, como las brujas guardianas un rato antes, se perdió entre las copas de los árboles del bosque.

–Lo he conseguido –se dijo Cornelia satisfecha, mientras observaba a Flavia desde el jardín–. Esta vez he conseguido recordar el conjuro exacto.

De vuelta en casa, buscó al príncipe sapo y a la calabaza para terminar su trabajo.

–No sé por cuál de los dos empezar –pensó, rascándose la coronilla.

El chirrido de la verja del jardín al abrirse interrumpió sus pensamientos. Se acercó a la ventana y miró fuera.

–¡Por Arturo Caraculo! –gimió–. ¡La presidenta, otra vez!

Como si el tiempo no hubiera corrido

hacia atrás, Flavia Lasabia tenía su aspecto de siempre y golpeaba la puerta como había hecho ese mismo día, unas horas antes.

El sapo se asustó y se metió en su palacio en dos saltos. La calabaza se tiró al suelo y rodó por la sala. Cornelia fue a abrir.

–Buenos días, Cornelia –saludó Flavia.

–Bienvenida, Su Señoría –contestó la bruja–. ¿Su Señoría no trae capa?

–No sé qué ha sido de ella –contestó Flavia entrando en la sala–. Creo que la perdí por el camino.

En ese momento, la calabaza llegó rodando hasta los pies de la presidenta, con la barriga cargada de pastas de té:

–La merienda, Señoría –ofreció con su voz hueca de calabaza cavernícola.

–Gracias, aún no he merendado –agradeció, cogiendo una pasta–. Cornelia, ¿cómo

es que no te has deshecho de esta calabaza embrujada?

Cornelia abrió la boca para contestar:

–Señoría, la calabaz...

Pero Flavia habló antes:

–Es curioso, hasta hoy no me había dado cuenta de lo práctica que es esta calabaza –comentó cogiendo una segunda pasta–. Tengo que reconocer que a veces nuestros errores se convierten en aciertos. Creo que te encargaré una de estas para mí.

Con paso lento y majestuoso, Flavia se acercó al palacio de cristal.

–Tampoco has completado la maldición del príncipe –gruñó mirando al sapo, que la observaba a su vez desde la pecera–. ¡Eres un auténtico desastre, Cornelia! ¡Este sapo ya no tendría que estar aquí!

El príncipe *medioencantado* saltó de la

pecera y la saludó con una graciosa inclinación.

–Aunque he de reconocer que es un sapo muy educado –añadió.

–Ya os dije antes, Señoría, que es un encantador príncipe encantado.

–¿Antes? –repitió la presidenta caminando a zancadas hacia el cuarto de Cornelia–. ¿Cómo que «antes»? ¿Antes de qué?

Cornelia se mordió el labio y abrió mucho los ojos...

¡Flavia acababa de poner la mano en el picaporte de la puerta de su cuarto!

–¿De dónde sale tanto frío? ¡Por los elfos de pelo verde! –exclamó al abrir–. ¿Qué significa esto?

–Señoría, yo...

Pero la poderosa no estaba dispuesta a escuchar sus explicaciones.

–¡Otro hechizo equivocado! Has estado un siglo más holgazaneando, Cornelia. Tendré que tomar medidas.

–Señoría, si me dejáis que os enseñe mi tetera... Ya no está embrujada.

–¿Y has necesitado cien años y un día para sacar a tu minino de esa tetera? En treinta y siete mil quinientos días se puede hacer algo más que eso.

Flavia miró con ojos de tormenta a Cornelia, que parecía haber encogido como un caracol replegado en su concha.

–No eres más que una bruja holgazana. Una vergüenza para todas nosotras, Cornelia.

Antes de cerrar la habitación, Flavia miró dentro por última vez.

–¿Qué es eso? –preguntó, señalando algo en el cuarto.

Cornelia miró en la dirección que indicaba el dedo de la presidenta.

–Recuerdo haber jugado con un trineo exactamente igual a ese –dijo Flavia casi en un susurro–. Fue hace mucho. No era más que una brujita. Me acuerdo de que hacía mucho frío, de que me quité los zapatos y el abrigo... Me quedaban grandes. Era incómodo jugar en la nieve así. Las manos se me perdían dentro de las mangas y cada vez que me subía al trineo, los zapatos se me caían, así que me los quité. ¡Aún no me explico cómo pude curarme de aquel terrible constipado!

Flavia miró otra vez a Cornelia. La tormenta y la furia habían desaparecido de sus ojos.

–También recuerdo haber empezado a leer un libro aquel día –añadió–. Uno que no terminé. Desde entonces siempre he querido saber el final. Era la historia de una de nosotras, una bruja tan poderosa que consiguió que un reino entero durmiera durante cien años.

–Su Señoría, yo tengo ese libro. Os lo regalaré, si queréis.

Cornelia chascó los dedos y *La Bella Durmiente* voló desde el estante a las manos de Flavia, que lo guardó en uno de los enormes bolsillos de su falda.

La bruja holgazana no podía apartar los ojos de Flavia.

–Haré como si no hubiera visto lo que he visto –aseguró la presidenta–. No he visto esa calabaza desquiciada, ni al sapo *medioencantado*, no he visto esta habitación cubierta de nieve.

La poderosa presidenta del Reino Mágico se encaminó a la puerta de la casa y alargó la mano hacia el picaporte.

–Gracias, Su Señoría –se apresuró a decir Cornelia–. Gracias por no condenarme al destierro.

Flavia se dio la vuelta inmediatamente.

–¡Te advierto una cosa, bruja holgazana! –bramó con la puerta abierta y una tormenta otra vez en los ojos–. Si dentro de cien años y un día no recuerdas las palabras mágicas capaces de convertir tu casa en un sofá; si no tienes un embrujo para que enero entre y salga de tu cuarto cuanto te dé la gana; si no has cocinado un brebaje que consiga que el sapo sea solo sapo y que el príncipe sea solo príncipe, Cornelia..., si durante los próximos cien años no lo consigues, te aseguro que serás la ayudante de la bruja más torpe del Reino Mágico durante dos siglos y una semana, ¿entendido?

Flavia recalcó cada frase, señalando a Cornelia arriba y abajo con el dedo índice.

–¿Entendido? –repitió, acercándose un paso a la holgazana.

–Sí, Su Se-e-seseñoría, entendi-dido –contestó Cornelia dando un paso atrás.

Sin más palabras, Flavia dió un portazo.

En cuanto la poderosa salió de su casa, Cornelia entró en la cocina, puso la tetera al fuego y se asomó a la ventana. Nada más perder de vista a Flavia, que desapareció entre los árboles montada en su escoba, la bruja holgazana se sentó a leer en el sofá de la cocina, frente a la chimenea encendida.

–Tengo cien años por delante para conseguir que enero se marche de mi cuarto –exclamó, abriendo la primera página de *Blancanieves y los siete enanitos*–. Leeré y dormiré en este cómodo sofá, mientras espero a que llegue la primavera.

Y así pasaron volando cien años y un día.

Índice

En la misma colección

La bruja del pan pringao
de Pilar Mateos
Dibujos de Horacio Elena
ISBN: 978-84-9845-646-2
«Calcetín», 102
Serie Amarilla
A partir de 8 años

Por más sortilegios que haga la brujita del pan «pringao», nadie se la toma en serio. ¡Es que es una niña demasiado bonita para ser bruja! Si tuviese una nariz larga y perdiese algunos dientes... Cuando usa su magia, también pone en marcha travesuras muy divertidas, pero ni siquiera así la creen los niños del vecindario. ¿Podrá finalmente encontrar la fórmula para parecer una verdadera bruja?

Otros títulos

La tortuga Tranquila y otros cuentos
de Michael Ende
Traductor: Jesús Cortés
Dibujos de Alberto Pieruz
ISBN: 978-84-9845-637-0
«Calcetín», 100
Serie Roja
A partir de 10 años

La tortuga Tranquila Tragaleguas está decidida a asistir a la boda del sultán, aunque el camino sea largo y ella no sea precisamente rápida. Además de ella, un elefante reflexivo y soñador y un rinoceronte tiránico son también protagonistas de estos cuentos entrañables en los que encontraremos valores como la constancia, la valentía y el compañerismo.

Otros títulos de la colección «Calcetín»

Las aventuras de Tachín
de Lucía Baquedano
Dibujos de Jacobo
Fernández
ISBN: 978-84-9845-608-0
«Calcetín», 95
Serie Amarilla
A partir de 8 años

Corre el rumor de que en la buhardilla del colegio vive una bruja y, cómo no, Tachín y sus compañeros empiezan a investigar. Sin embargo, es imposible abrir la puerta. ¿Será por culpa de un maleficio?

Y esta no será su única peripecia, porque su amigo Miguel desaparece tras olvidar el cuaderno de los deberes, y encontrarlo será toda una aventura.

Otros títulos de la colección «Calcetín»

Pastel de moras
de Javier Fonseca
Dibujos de Jaume Gubianas
ISBN: 978-84-9845-595-3
«Calcetín», 93
Serie Amarilla
A partir de 8 años

Esta noche viene Perico, el gato que se fue a la Luna a buscar fortuna. El abuelo de Lucía y Raquel les cuenta que cuando la luna mengua es que se ha quedado sin leche, y el gato, que vive allí, baja a por comida. Aunque no acaban de creerse la historia, las niñas serán protagonistas de una aventura tierna y deliciosa como el pastel de moras que van a prepararle a Perico.

Otros títulos de la colección «Calcetín»

El país de los dragones
de Jordi Sierra i Fabra
Dibujos de Javi García
ISBN: 978-84-9845-559-5
«Calcetín», 88
Serie Amarilla
A partir de 8 años

En un tiempo y un lugar remotos, existió un reino poblado por dragones. Eran criaturas pacíficas, pero todo cambió con la llegada de unos invasores que traían muchas armas y ningunas ganas de compartir. Intimidados por estos seres llamados humanos, ¿los dragones tendrían que recuperar las costumbres violentas de sus antepasados? Si nadie lo evitaba, la guerra sería inminente…